CHERS AMIS RON
BIENVENUE DANS LE MONDE DE

Geronimo Stilton

Texte de Geronimo Stilton.
*Sur une idée d'*Elisabetta Dami.
Collaboration éditoriale de Sara Carrino.
Coordination des textes de Margherita Banal *(Atlantyca S.p.A.)*.
Coordination éditoriale de Patrizia Puricelli.
*Édition d'*Alessandra Rossi.
Direction artistique de Iacopo Bruno.
Couverture de Roberto Ronchi *(dessins)* et Alessandro Muscillo *(couleurs)*.
Conception graphique de Pietro Piscitelli */theWorldofDOT*.
Illustrations des pages de début et de fin de Roberto Ronchi *(dessins)*, Ennio Bufi MAD5 *(dessin page 124)*, Studio Parlapà et Andrea Cavallini *(couleurs)*.
Cartes d'Andrea Da Rold *(dessins)* et Andrea Cavallini *(couleurs)*.
Illustrations intérieures de Danilo Loizedda *(dessins)*, Carolina Livio *(encrage)*, Daria Cerchi *et* Valeria Cairoli *(couleurs)*.
Coordination artistique de Roberta Bianchi.
Assistance artistique de Lara Martinelli.
Graphisme de Marta Lorini.
Traduction de Marianne Faurobert.

Les illustrations s'inspirant des locaux du musée, de la maison natale de Léonard de Vinci et de la bibliothèque sont publiées avec l'autorisation du Museo Leonardiano, commune de Vinci.

Les noms, personnages et traits distinctifs de Geronimo Stilton sont déposés. Geronimo Stilton est une marque commerciale, licence exclusive d'Atlantyca S.p.A. Tous droits réservés. Le droit moral de l'auteur est inaliénable.
www.geronimostilton.com

Pour l'édition originale :
© 2019, Mondadori Libri S.p.A. pour Edizioni Piemme – Palazzo Mondadori, Via Mondadori, 1 – 20090 Segrate, Italie sous le titre *Il segreto di Leonardo*.
International rights © Atlantyca S.p.A. – Via Leopardi, 8 – 20123 Milan, Italie
www.atlantyca.com – contact : foreignrights@atlantyca.it
Pour l'édition française :
© 2019, Albin Michel Jeunesse – 22, rue Huyghens, 75014 Paris
www.albin-michel.fr
Loi 49-956 du 16 juillet 1949 sur les publications destinées à la jeunesse
Dépôt légal : mars 2019
Numéro d'édition : 23393
ISBN : 978-2-226-44087-7
Imprimé en France par Pollina s.a. en mars 2019 - 88936
Visuels du rébus page 102 : © Freepik et Freepik/macrovector

Geronimo Stilton

LE SECRET DE LÉONARD DE VINCI

ALBIN MICHEL JEUNESSE

DRIIING !

Le ciel au-dessus de Sourisia était limpide, ce **matin-là**, et je m'étais arrêté pour l'admirer, le museau en l'air…

Par mille mimolettes, les **avions** en vol me semblaient si proches ! Vers quelles lointaines destinations filaient-ils donc ?!

Où va-t-il donc ?

Mais quel étourdi, je ne me suis pas encore présenté : mon nom est Stilton, *Geronimo Stilton*, et je suis le directeur de *l'Écho du rongeur*, le journal le plus célèbre de l'île des Souris.

Vous l'aurez sûrement compris,

ce matin-là, j'étais tout proche de l'**aéro-port** de Sourisia. Qu'est-ce que j'y faisais, me demanderez-vous…

M'apprêtais-je à partir en **vacances** sur l'atoll des îles Bienheureuses ?

Partais-je en **VOYAGE** pour une grande capitale européenne ?

Ou bien pour un **REPORTAGE** sur les meilleurs fromages du monde entier ?

Non, non, et encore non !
En fait, j'accompagnais mon neveu Benjamin et ma petite cousine Traqueline à l'aéroport : eh oui, c'étaient les souriceaux qui partaient en voyage, cette fois-ci !
À cet instant, Benjamin me tira par la manche en couinant :
– Allez, tonton G, dépêchons-nous ! Madame *Sourille* est sûrement arrivée !

À côté de lui, Traqueline trépignait.

– Geroni*muce*, faut qu'on se secoue les puces !

Tous deux étaient excités comme une tripotée de souris : ils devaient s'envoler pour l'**Italie**, direction Vinci… la petite ville où était né le célébrissime **Léonard** !

En effet, dans le cadre d'un projet scolaire, Benjamin et Traqueline s'étaient inscrits au **Club international des amis de Léonard**, qui rassemblait des enfants du monde entier. Nous rejoignîmes la **salle d'attente** de l'aéroport, où nous avions rendez-vous avec leur maîtresse.

Mais Sourille n'était pas encore arrivée, **bizarre** !

Benjamin s'exclama :

On part!

Youpi!

Léonard de Vinci (1452-1519)
Impossible de définir Léonard en un seul mot ! Peintre, architecte, ingénieur, inventeur, anatomiste, botaniste et écrivain, il fut l'un des esprits les plus brillants de l'histoire, et a laissé de nombreuses œuvres et découvertes géniales.

– Ce que j'ai hâte de rencontrer les amis du club !

Traqueline ajouta :

– Et moi, d'honorer la mémoire de notre **génie** préféré... là où il est né !

Tandis que les petits piaffaient, je consultai ma montre et... je devins aussi PÂLE qu'une mozzarella ! L'avion pour Florence décollait dans une demi-heure...

Où était donc passée Sourille ?

Il ne me restait plus qu'à l'appeler, mais c'est alors que... DRIIING !

Par cent mille mimolettes, mon téléphone sonnait…
Un appel de Sourille ?
– Allô, Stilton à l'appareil, Geronimo Stilton…
Une voix familière tonna :

– **GAMIN !** Où es-tu passé,
espèce de feignant, tu devrais
être à la rédaction depuis un
bail ! Tu sais bien que la chasse
aux **SCOOPS** commence à
l'aube !
J'essayai de me justifier :
– Mais, grand-père, je… les petits… leur maîtresse…
Peine perdue : grand-père m'avait raccroché au
museau.
Je commençai à composer le numéro de Sourille
quand… **DRIIING**, mon téléphone sonna à
nouveau ! Cette fois-ci, c'était sûrement elle…
Je répondis :
– Allô, Stilton à l'appareil, Geronimo Stilton…
Une voix stridente me vrilla le tympan :

– **Geronimo !** Il paraît que tu n'accompagnes pas ton neveu et ta petite cousine à Vinci !?
Mais pourquoi ? Ça fait si longtemps qu'on ne s'est pas vus !

Par mille millions de mimolettes, c'était mon amie Rita, la **directrice** du musée Léonard de Vinci, qui m'appelait d'Italie. Scouiiit, j'avais oublié de lui dire que je ne faisais pas partie du *VOYAGE* !
Je bafouillai :

– Oh, bon-bonjour ! Excu-cuse-moi ! J'ai tellement de travail que…

Sur ce, d'un sonore BIP-BIIP-BIIIIP, mon portable me signala qu'une autre personne cherchait à me joindre – Sourille, sans aucun doute !

Je dis alors à mon amie :

– Désolé, Rita, je te rappelle plus tard !

Mais quand elle eut raccroché, je vis que l'appel manqué venait de Téa !

Je composai son numéro et…

– **Geronimo !** râla ma sœur. Pourquoi tu ne m'as

rien dit de ce voyage à *Vinci* ? Eurêskouit m'a chargée de tester son nouvel avion inspiré de la **MACHINE VOLANTE** de Léonard. Un voyage en Italie, c'était l'occasion idéale !

– Euh, mais jeee... tentai-je d'expliquer, en vain : Téa avait coupé la communication !

Tous ces appels m'avaient déboussolé, et... DRIIING, mon téléphone se remit à sonner !

– Monsieur Stilton ! Madame Sourille à l'appareil, j'essaie de vous joindre depuis une demi-heure, qu'est-ce que vous fabriquiez ?

– Euuuh... c'est une longue histoire, excusez-moi. Où êtes-vous ?

L'enseignante soupira :

– Le problème est là ! Je suis au lit avec la fièvre...

Impossible d'accompagner Benjamin et Traqueline à Vinci !

Par cent mille millions de mimolettes ! Quelle mauvaise, quelle affreuse, quelle terrible nouvelle…

… C'ÉTAIT UN VRAI DÉSASTRE !

Quel désastre, scouit !

PAROLE DE
GERONIMO STILTON !

À cet instant précis, les **HAUT-PARLEURS** de l'aéroport annoncèrent :

Ding dong!

L'avion de Rat Air à destination de Florence a décollé !
Je répète : L'avion de Rat Air à destination de Florence a décollé !

De quoiii ?!
Mes pattes se firent aussi molles que du **FLAN** et je me mis à **SUER** à grosses gouttes.

Traqueline éclata en sanglots.

– OUIIIINNNN ! Geroni*minus*, à force de bavarder au téléphone, tu nous as fait louper notre avion ! OUIIIINNNN !

Benjamin soupira :

– Adieu, Vinci, adieu, l'Italie et… adieu, Léonard ! J'étais navré, chagriné et même,

EFFONDRÉ !

Je devais trouver une solution pour remonter le moral de ces deux souriceaux… Les voir aussi TRISTES m'était insupportable !

Et soudain, j'eus une idée…

Je pris mon courage à deux pattes et leur dis :

– Pas de panique ! C'est moi qui vous emmènerai en Italie… Nous arriverons bientôt à Vinci, *parole de Geronimo Stilton* !

Les petits firent des bonds de joie en hurlant :

– HOURRAAA !

Puis Traqueline s'inquiéta :

– Tonton Ger… trois jours sans te voir à la **rédaction** ! Grand-père Honoré va être furax…

Et Benjamin ajouta :

– Et puis tu sais, le vol pour l'Italie dure *SUPER LONGTEMPS* ! Toi qui détestes l'avion…

L'angoisse me fit **vibrer** les moustaches : pourquoi fallait-il qu'ils me rappellent ces détails ?

De toute façon, ma décision était prise. Je leur répondis donc :

– Oui, bien sûr… Je sais tout cela, je le sais très bien… mais je vous ai donné ma parole ! Nous irons ensemble célébrer le génie de **Léonard à Vinci** !

ON Y VA !!!

Je me précipitai au guichet des réservations.

– **Bonjour !** me lança une rongeuse souriante. Que puis-je faire pour vous aider ?

Je lui répondis :

– Je voudrais trois billets pour l'Italie pour un départ immédiat, et même, **instantané** !

La rongeuse consulta son **ORDINATEUR**, mais, quelques secondes plus tard, elle secoua la tête.

– Je suis désolée, tous les vols sont complets jusqu'à vendredi.

Dequoidequoidequoi ??? Vendredi : dans trois jours… **TROP TARD** pour nous !

J'insistai :

– En cherchant mieux, vous nous trouverez bien

Trois petites places ?

Rien, zéro, tout est complet !

trois petites, trois minuscules places ?

Mais elle me répondit :

– Rien, zéro, tout est complet ! Les avions sont pleins, archi pleins, **PLEINS À CRAQUER** !

Je rejoignis les souriceaux la tête basse et leur dis :

– Désolé, il n'y a plus aucun BILLET disponible.

Mais au lieu de fondre en larmes, Traqueline me fit un sourire malin.

– Geroni*ballot*, ne fais pas ton **GOURDIFLOT**… appelle tata Téa !

– Téa ?… Mais… pourquoi ? bredouillai-je.

Traqueline insista :

– Allô ? Geroni*munuche* ? Téa vient de te dire

qu'elle allait **tester** la machine volante d'Eurêskouit, et nous, on a besoin d'un avion…

Benjamin s'exclama :

– C'est vrai, tonton G, appelle-la !

Rapristi, l'idée de m'**envoler** à bord d'un cou-
cou expérimental ne m'enchantait guère.

Mais je n'avais pas le choix !

Téa me répondit après une seule sonnerie :

– Geronimo, pas un mot, je sais déjà tout ! La prof est
malade, vous avez loupé le vol, et maintenant tu voudrais que je vous emmène à Florence, c'est bien ça ?

Je confirmai :

– Oui, en effet…

Elle reprit :

– Quel **nigaud** tu fais, heureusement que je suis
là ! Je t'ai même préparé ta valise ! Rejoignez-moi à
la porte 6, je vous y attends !

Je lui demandai :

– Mais l'avion d'Eurêskouit est-il… au point ? Sûr ?
Prêt à voler ?

Mais évidemment, Téa avait déjà raccroché !

– **Génial !!!** fit Traqueline. Tous à la porte 6 !

Inquiet, je suivis les souriceaux jusqu'au lieu du rendez-vous.

Téa nous attendait sur la piste… à côté d'un gros tas de ferraille avec des ailes !

Benjamin courut à sa rencontre et s'écria :

– Waouh, trop fort ! On dirait un vrai **ORNI-THOPTÈRE** !

Je faillis tourner de l'œil, mais je parvins à murmurer :

– *Un orni… quoi ?*

Téa m'éclaira :

– Un ornithoptère, c'est-à-dire un aéronef qui vole en battant des ailes… selon le principe du vol des *oiseaux* ! Eurêskouit a créé cet avion en hommage à Léonard, en y ajoutant un moteur **SUPER-TURBO** qui lui permet de couvrir de longues distances !

Le museau plus BLANC qu'un petit-suisse, je chuchotai :

– Euuuh, je ne me sens pas très bien… Je préfère ne pas monter dans ce truc…

Traqueline secoua la tête.

– Tu ne fais pas confiance à Eurêskouit ? Tu ne veux pas nous emmener en Italie ? Tu crois que Téa n'est pas une bonne **pilote** ?

Je m'insurgeai :

– *Bien sûr* que je fais confiance à Eurêskouit, *bien sûr* que je veux vous emmener en Italie, et *bien sûr* que je crois que Téa est une bonne pilote !

Je disais vrai… C'était ce machin en FER-RAILLE qui m'inquiétait, *scouiiit !*

Je m'apprêtai à le leur expliquer, mais il était trop tard. Téa et les souriceaux me traînèrent à bord en hurlant :

– ON Y VA !!!

Une fois le moteur lancé, les ailes de l'avion se mirent à battre rapidement.

Téa cria :

– Attachez vos ceintures… on décolle !

Nous nous élevâmes dans les airs, de plus en plus haut, et, en un battement de moustaches, nous volâmes au-dessus des **nuages** !

Wouaouh !

Trop fort !

Quelle frousse féline !

Et je dois admettre que nous n'étions pas si mal, là-haut !

J'étais presque, je dis bien presque, sur le point de me détendre, quand ma sœur Téa s'exclama :
– Bon, accrochez-vous ! Je lance le…

… **TURBO !**

JE SOUFFRE
DU MAL DE L'AIR !

Les ailes de l'avion se mirent à battre de plus en plus fort, nous faisant trembler comme des FLANS AU FROMAGE.

À chaque battement, leur mécanisme grinçait… *crouic crouic crouic…* nos valises se cognaient les unes aux autres… *chtonk chtonk chtonk…* et mon petit déjeuner à base de gâteaux fourrés au roquefort barbotait dangereusement dans mon estomac…

GLOURB GLOURB GLOURB !

Traqueline m'examina et lança :

– Benjamin, à ton avis, Geroni*glourb* est plutôt VERT rainette ou VERT moisi ? Je n'arrive pas à me décider…

Mon neveu, lui, s'inquiéta :

– Tu ne te sens pas bien, pauvre tonton G ?

Je voulus lui répondre, mais… mon estomac révolté m'en empêcha : je souffre du mal de l'air, moi !

Quand je me fus repris, je suppliai ma sœur :

On arrive bientôt ?

– Téa, pourrais-tu **RALENTIR** un tout petit peu ?

Mais elle me répondit :

– Négatif, Geronimo ! Si je fais ça, nous arriverons trop tard en Italie ! Tu ne voudrais pas faire attendre les souriceaux du **Club des amis de Léonard** et la directrice du musée, tout de même !?

Accablé, je me tassai dans mon siège.

Benjamin me demanda :

– Tonton, et si on te racontait des **anecdotes** sur la vie de Léonard ? Traqueline et moi, on en connaît plein !

Je lui souris.

– Bien sûr, quelle excellente idée !

Voici ce que j'ai appris sur Léonard

✔ Il est né le 15 avril 1452.

✔ Il était gaucher et utilisait souvent l'écriture spéculaire (de la droite vers la gauche : il fallait donc un miroir pour le lire).

✔ Pour encourager sa passion pour le dessin, son père l'envoya en apprentissage dans l'atelier du peintre Verrocchio.

✔ Non seulement il a peint de merveilleux tableaux, comme *La Joconde*, mais il s'est aussi livré à de nombreuses recherches dans divers domaines scientifiques.

✔ Il aimait beaucoup la nature et adorait l'observer pour découvrir ses secrets.

✔ C'était un passionné de jeux d'esprit, de devinettes et de rébus !

✔ Il avait de nombreux frères et sœurs... Quand le dernier est né, il avait déjà 46 ans !

Écouter les récits de Benjamin et de Traqueline sur **Léonard** me fit oublier ma nausée.

Quel personnage hors du commun !

C'est alors que Téa s'écria :

– Regardez en bas ! Nous survolons l'**Italie** !

Par mille mozzarellas, nous étions déjà arrivés !?

Le temps était passé si vite, en pensant à autre chose !

ITALIE

AMIS... DE PLUME !

Je me détendais déjà, quand Téa annonça :

– Attention, zone de turbulences, accrochez-vous !

En phase d'atterrissage, l'avion d'Eurêskouit fut **BALLOTTÉ** dans tous les sens. Je fus bientôt blême comme un camembert, tandis que les souriceaux s'amusaient comme des fous.

– Youhou ! s'écriait Benjamin.

– Vas-y, Téa ! braillait Traqueline.

Nous nous posâmes enfin sur le sol de **Florence**.

Traqueline en fut toute déçue :

– Oh... allez, encore un petit tour ?

Je la calmai :

– Eh non ! Nous arrivons juste à temps pour notre **rendez-vous** avec Rita !

En effet, la **directrice** du musée Léonard de Vinci nous attendait à l'aéroport. Elle courut à ma rencontre en s'exclamant :

– **Geronimo !** Finalement, tu es venu ! Tu n'as pas changé d'un poil de moustache !

Nous nous embrassâmes chaleureusement : c'est fantasouristique de retrouver une vieille **amie** !

Je racontai à Benjamin et à Traqueline :

– Il faut que vous sachiez que Rita et moi, nous sommes devenus amis de *plume* quand nous avions à peu près votre âge.

Rita hocha la tête.

– Nos écoles étaient jume-lées, et nous avons commencé à nous écrire une *lettre* chaque semaine…

Je poursuivis :

– Des années plus tard, à l'oc-casion d'un de mes voyages,

Bienvenue !

La directrice du musée Léonard de Vinci

nous nous sommes rencontrés, comme vous allez bientôt rencontrer les autres souriceaux du **Club international des amis de Léonard** !

Rita enchaîna :

– À propos, vos amis vous attendent dehors. Suivez-moi !

Traqueline et Benjamin échangèrent un regard **ÉMU** et coururent vers la sortie.

– Enfin, vous voilà ! s'écria une souricelle coiffée d'une multitude de fines *tresses* en s'avançant vers eux. Je suis Marit !

Traqueline lui demanda :

– C'est toi, la musicienne du club ?

La petite sourit.

– Exact ! Et lui, c'est notre expert en *archéologie*.

Un souriceau aux yeux en amande se présenta :

– Bonjour, je suis Ning, j'avais tellement hâte de faire votre connaissance !

Benjamin répondit :

Brian
ÉTATS-UNIS
membre honoraire

Marit
PAYS-BAS
membre honoraire

Club
international
des amis
de Léonard

Ning
CHINE
membre honoraire

Gaspard
FRANCE
membre honoraire

Leonor
ESPAGNE
membre honoraire

– Nous aussi ! Après tous ces échanges de messages, c'est **RABULEUX** de se rencontrer enfin !

– Carrément ! Au fait, ça vous dit une petite **devinette** de bienvenue ? proposa un jeune blondinet. Traqueline s'esclaffa :

– Je ne sais pas si je saurai la résoudre, mais je devine que toi, tu es Brian, le passionné d'**énigmes** ! Une souricelle avec une longue tresse commenta :

– Bien vu ! Moi, c'est Leonor, et lui, c'est Gaspard !

Le dernier du groupe, Ⓛ︎Ⓤ︎Ⓝ︎Ⓔ︎Ⓣ︎Ⓣ︎Ⓔ︎Ⓢ︎ sur le museau, fit un geste de salut et conclut :

– Maintenant que vous êtes là, les Amis de Léonard sont au complet !

– Et prêts à vivre de chouettes **AVENTURES** ! ajouta Traqueline.

J'en avais les moustaches toutes vibrantes d'émotion :

EXCUSEZ-MOI, MONSIEUR STILTON...

Le **MINIBUS** du musée Léonard de Vinci nous attendait pour nous emmener à Vinci.

Tandis que nous traversions les douces **COL-LINES** toscanes, je pris quelques photos avec ma tablette : le paysage était splendide, paisible et verdoyant.

Quelle *tranquillité* ! Mais, soudain, quelqu'un me tapota l'épaule… C'était Ning, qui me demanda :

– Excusez-moi, monsieur Stilton, pourriez-vous vous **DÉPLACER**, s'il vous plaît ? Je voudrais prendre une photo.

Je souris.

– Bien sûr, Ning ! La vue est très belle, ici !

Je changeai de place et me remis à contempler le merveilleux **panorama**, mais…

– Excusez-moi, monsieur Stilton ! Pourriez-vous me laisser cette PLACE ?

– Pas de problème, Gaspard, je vais m'asseoir à côté de Marit…

Mais dès que je fus installé, Marit me dit :

– Excusez-moi, monsieur Stilton, pourriez-vous vous **POUSSER** un peu ? Je n'y vois plus rien !

– Mais-mais… oui, bien sûr, Marit… bredouillai-je.

Et ce n'était que le début…

➡ Brian voulut que je me déplace pour faire un **SELFIE** de groupe ;

➡ Benjamin me demanda de lui laisser la place **À CÔTÉ** de Leonor ;

➡ Traqueline me fit lever pour aller chercher le guide de l'**Italie** dans ma valise ;

➡ Leonor me demanda de me **DÉPLACER** pour s'asseoir à côté de Marit.

Raperlotte, à force de tourner, de me retourner et de changer de place… je finis par avoir une terrible **NAUSÉE** !

Pourquoi, pourquoi, pourquoi faut-il toujours que ça tombe sur moi !?

Prêts ?
C'est parti !

Enfin, nous vîmes apparaître un panneau :

Je poussai un soupir de soulagement et les souriceaux entonnèrent un chant joyeux :

♫ _Ohé ohé ohé, on est arrivés,
À Vinci, youpi youpi youpi !_ ♪

Une fois hors du minibus, il ne nous fallut que quelques pas pour être au cœur de la ville. Nous en restâmes tous bouche bée : *Vinci* était un endroit charmant !

Soudain, un rongeur  accourut pour me serrer la patte.

– Bienvenue, Geronimo ! Mon nom est Vittorio Vigoroso et je suis l'entraîneur de **TIR À LA CORDE**. Merci pour votre disponibilité !

Je le regardai, perplexe.

Mais de quoi me parlait-il ?

Vinci

Nichée dans une verdoyante campagne, Vinci se dresse sur les pentes du Montalbano, un pittoresque massif collinaire situé entre les provinces de Florence et de Pistoia, en Toscane, au centre-ouest de l'Italie.

C'est ici qu'est né Léonard, le 15 avril 1452. Il y a passé son enfance et une partie de sa jeunesse.

Le château des comtes Guidi, au cœur du centre historique de la ville, abrite une partie du musée Léonard de Vinci ; l'autre partie du musée se trouve à l'intérieur de la Palazzina Uzielli.

Je n'y comprenais croûte ! Mais je suis un gars, *ou plutôt un rat*, **bien élevé**, je lui répondis donc :

– Euuuh, tout le plaisir est pour moi ! Mais de quoi me remerciez-vous, au juste ?

– Pas de fausse modestie, Geronimo ! Rita me l'avait bien dit, que tu étais un gars, *ou plutôt un rat*, très **sympathique**, et que tu serais ravi de nous aider... Mais assez bavardé, on va commencer !

Je n'y comprenais toujours rien :

Commencer... quoi ???

Maintenant, tu es prêt !

Qu'est-ce que vous faites ?

Je me tournai vers mon amie pour lui demander des explications, mais, entre-temps, un rongeur costaud vint m'enfiler un **MAILLOT** jaune !

– Bienvenue dans notre ÉQUIPE ! me lança-t-il en s'éloignant.

Je pus enfin m'approcher de Rita, mais avant que je puisse ouvrir la bouche, elle me tendit une **tartine** de pain grillé et d'huile d'olive, en disant :

– Mange, Geronimo, tu vas avoir besoin d'énergie ! Le tir à la corde est très, très fatigant…

Je ne me le fis pas dire deux fois et je grignotai ma tartine… Un vrai délice !

Cependant, je n'y comprenais toujours croûte, *scouiiit !*

Traqueline et Benjamin vinrent m'encourager :

– **Allez, tonton G ! Fais-nous honneur !**

Je faillis avaler de travers ma dernière bouchée. Exaspéré, je demandai :

– Mais enfin, de quoi me parlez-vous ?

Benjamin me répondit :

– C'est simple : on t'a choisi pour participer à une **épreuve** de tir à la corde. C'est une compétition traditionnelle organisée par les habitants de la ville pour nous souhaiter la *bienvenue* !

Hein, quoi ?!

À cet instant précis, Rita annonça au micro :

– L'épreuve de **TIR À LA CORDE** en l'honneur de nos invités internationaux va commencer ! *Geronimo Stilton*, de Sourisia, remplacera le blessé de l'équipe jaune !

Mes coéquipiers me saisirent par les pattes et me traînèrent jusqu'au centre de la place.

SCOUIIIT, AU SECOURS !

Je ne suis pas un gars, *ou plutôt un rat*, sportif ! Mes pattes devinrent aussi molles que de la **CRÈME CARAMEL** et je tentai de protester :

– Attendez, arrêtez tout ! J'ai mal au dos, je souffre d'un torticolis et je suis tout nauséeux… bref, je ne peux absolument pas participer à cette épreuve ! Mais rien n'y fit. Je me retrouvai avec une **CORDE** en main, et la directrice du musée déclara :

– Bien, l'épreuve va commencer !

Prêts ? C'est parti !

SWOUIIISH !

L'équipe des rouges tira d'emblée très fort sur la
CORDE, vraiment très fort, et nous, les jaunes,
nous fûmes illico *déséquilibrés* vers l'avant.
Tous les souriceaux regardaient la compétition en
retenant leur souffle, et Brian entreprit d'en faire
le commentaire :

– Attention, l'équipe des rouges prend un net avantage !

Benjamin cria :

– *Allez, tonton G !*

Le capitaine de mon équipe rugit :

– On récupère ! On ne lâche rien ! Courage, tirez, tirez !

Et mes coéquipiers répondirent en chœur :

– *OH HISSE... OH HISSE... OH HISSE !*

Courage, tirez !

Quel effort !

Petit à petit, nous récupérâmes du terrain, et, comme les autres, je m'efforçai de **TIRER** la corde de toutes mes forces, solidaire avec mon équipe : tous ensemble, nous pouvions gagner !

Mais quel effort, *par mille munsters* !

Je **transpirais** à grosses gouttes, *scouiiit* !

Les rouges commençant à faiblir, je tirai plus fort, et encore plus fort, quand soudain…

La corde me glissa des doigts (à cause de l'**HUILE** de ma tartine ?) et je tombai à la renverse sur le dos, les quatre pattes en étoile.

AÏE... J'AVAIS L'ARRIÈRE-TRAIN EN COMPOTE !

Aïe !

Les souriceaux, Téa et Rita firent cercle autour de moi pour voir comment j'allais. Traqueline m'observa longuement, puis s'esclaffa :

– T'es vraiment trop **rigolo**, Geroni*mollo* ! Dans cette position, tu ressembles vraiment à un des plus célèbres **DESSINS** de Léonard !
Ce que j'avais l'air **nigaud** !

L'Homme de Vitruve

L'un des plus célèbres dessins de Léonard est l'*Homme de Vitruve* (du nom d'un architecte romain). Il représente les proportions idéales du corps humain inscrites dans un cercle et dans un carré.
À Vinci, on peut admirer une statue en bois, œuvre de l'artiste Mario Ceroli, qui lui rend hommage.

DÎNER (OU NON !)

Heureusement, l'heure de dîner était enfin arrivée. Après toutes ces mésaventures, je n'avais qu'une idée en tête : déguster l'excellent **fromage** toscan !

Mon amie Rita nous lança :

– Suivez-moi ! Nous avons préparé un banquet de bienvenue sur la superbe **PLACE DU CHÂTEAU**. En arrivant là-bas, nous restâmes tous bouche bée ! Les tables étaient couvertes de meules de **PECORINO**, de petites fougasses fourrées à la **mousse** de fromage à l'huile d'olive vierge extra, de milk-shakes au **FROMAGE FRAIS** garnis de juteux grains de raisin bien mûrs et de tant d'autres délices !

Oh, non !

DRIIIIING !

Rien qu'à l'idée de goûter toutes ces douceurs, j'avais une de ces fringales !

J'allais mordre dans un petit morceau d'exquis **PECO-RINO** affiné, quand…

DRIIIIIING !

Oh, non ! C'était mon téléphone portable !

– Allô, Stilton à l'appareil, Geronimo Stilton.

J'entendis rugir grand-père Honoré :

– **GARNEMENT**, enfin je te trouve ! Tu te la coules douce en vacances au lieu de travailler, hein ?

Je bafouillai :

– Euuh, je… en fait…

Mais mon grand-père poursuivit :

– Je parie que tu t'apprêtais à **ENGLOUTIR** une tranche de pecorino, pas vrai ?!

Par mille mimolettes fondues, comment faisait-il pour le savoir ?

Puis il enchaîna :

– Tu te souviens de cet **article** de fond sur Sourisia ? Un vrai dossier, de la plus haute importance, qui devait paraître le mois prochain ?

– Bien sûr, grand-père… Je m'y attellerai dès mon retour d'Italie.

– Ah çà, non, gamin ! Non, non et encore *NON* ! Prends exemple sur ta sœur Téa ! Jamais elle ne négligerait son travail, elle, pour aller traîner ses guêtres en **Italie** !

Exaspéré, je couinai :

– Mais enfin, grand-père, Téa est ici avec moi, à Vinci !

Grand-père répliqua :

– Et je suis sûr qu'elle est en train de prendre des **PHOTOS** pour faire un beau reportage, au lieu de se goberger comme tu le fais ! Bref, j'ai dit au maire qu'on pouvait avancer la parution et que l'article sortirait… **APRÈS-DEMAIN** !

– Après-demain ?!

– Cesse de faire ton bon à rien, espèce de galopin !
Je veux ton papier avant demain matin !

AU BOULOT AU BOULOT AU BOULOT !

Sur ce, il raccrocha.

Vous le savez vous aussi, chers amis rongeurs :
quand grand-père Honoré se met quelque chose en
tête, il n'y a pas moyen de le faire changer d'avis !
Je saluai donc, à CONTRECŒUR, Rita, Téa
et les souriceaux, et je filai sur-le-champ à l'hôtel
pour travailler.

Je tapais sur le CLAVIER de mon
ordinateur quand on frappa à ma porte :

Traqueline et Benjamin entrèrent dans ma chambre avec une assiette pleine de **PECORINO**.

– C'est pour toi, tonton G ! Un peu d'énergie pour ton travail nocturne !

De vraies **lichettes** d'emmental, ces deux petits ! Après avoir grignoté quelques morceaux de fromage de brebis…

… mon travail avança comme sur des roulettes !

À LA DÉCOUVERTE
DE VINCI !

Le lendemain matin, nous commençâmes notre visite de la ville de Vinci. Première étape : le **musée Léonard de Vinci**, naturellement ! Sa directrice nous attendait à l'entrée et nous héla :
– Alors, prêts à découvrir les fascinantes **MACHINES** de Léonard ?
Enthousiastes, les souriceaux s'écrièrent en chœur :
– **Ouiiiii, youpiii!**

Le musée Léonard de Vinci
Dédié à l'œuvre de Léonard dans les domaines scientifiques et techniques, ce musée expose des reconstitutions de ses inventions. Les collections sont réparties entre la Palazzina Uzielli, qui abrite les machines de chantier et de technologie textile, et le château des comtes Guidi, où sont exposées des maquettes réalisées à partir des dessins et des notes de Léonard (engins volants, machines militaires, grues, canons à eau...). Le musée dispose également d'animations numériques et d'applications interactives.

Rita nous accompagna tout au long de notre visite et nous donna une foule d'informations sur tout ce qui était exposé : quelle expérience **ÉPOUSOU-RIFLANTE** ! Tout se passa à merveille, jusqu'au moment où Traqueline me taquina :

– Regarde, Geroni*trouille*, une aile géante, ça ne te rappelle rien ? Ce que j'ai hâte de remonter à bord de l'**avion** d'Eurêskouit !

Raperlotte, rien qu'à cette idée, je **VERDIS** en un clin d'œil, *scouiiit !*

Une fois la visite achevée, les souriceaux prirent de nombreuses photos de la façade du **château des comtes Guidi**.

Argh...

J'en profitais pour me reposer un peu, quand, soudain, Leonor chicota :

– Hé ! Venez voir, vite ! Avec mon **SUPER-HYPER-MÉGA ZOOM** j'ai découvert un truc trop bizarre !

Tous les petits galopèrent dans sa direction, en me **RENVERSANT** au passage : je me retrouvai les quatre pattes en l'air !

Pourquoi, pourquoi, pourquoi faut-il toujours que ça tombe sur moi !

Quand je me fus relevé, Leonor me colla son **APPAREIL PHOTO** sous le museau en disant :

– Monsieur Stilton, regardez ce que j'ai trouvé !

J'observai l'image sur l'écran et… *par mille muns-ters moelleux*, l'une des **briques** de la façade n'était pas alignée sur les autres et semblait pourvue d'une minuscule poignée !

Benjamin remarqua :

– On dirait un tiroir.

Mon neveu avait raison, mais qu'est-ce qu'un **TIROIR** pouvait bien faire, encastré dans la façade de ce château ?!

Bizarre, très bizarre, et même **extravagant** !

Téa proposa :

– Bah, essayons de tirer dessus, on verra bien s'il s'ouvre…

Se mettant sur la pointe des pattes, elle saisit la **POI-GNÉE**, tira doucement dessus, et le tiroir s'ouvrit !

Sous nos regards ébahis, Téa en sortit un vieux **PARCHEMIN**, qu'elle déroula.

Je commentai :

– Qu'est-ce que c'est que cette écriture ? On n'y comprend croûte…

POUR PARVENIR À BON PORT,
SUR LE GRAND MÂT GRIMPE D'ABORD.
VERS LE SILLAGE VERT DIRIGE-TOI,
SANS T'ENGAGER SUR CETTE VOIE.
JETTE L'ANCRE UNE PREMIÈRE FOIS
OÙ LE BLÉ MOULU TU TROUVERAS.
AU LIEU OÙ L'ON PÊCHE L'EAU TE MÈNERA,
LA PREMIÈRE MARCHE À DROITE
TU POUSSERAS.
UNE FOIS ARRIVÉ EN LIEU SÛR,
CHERCHE LÀ OÙ TOUT EST OBSCUR.
SUR LE CHEMIN UNE PIERRE T'ATTEND,
TU N'AS PLUS QU'À LIRE SON CHANT.
SI LÉONARD TU AS ÉCOUTÉ,
SON TRÉSOR TU AURAS TROUVÉ!

La directrice du musée Léonard de Vinci déclara :
– C'est peut-être une découverte **ASSOURIS-SANTE** ! Ce parchemin semble avoir été écrit par Léonard. Comme vous le savez, il utilisait couramment l'écriture **SPÉCULAIRE** !

Toi aussi, déchiffre le message de Léonard !
Installe-toi face à un miroir et place cette page devant toi afin qu'elle s'y reflète : tu pourras lire sans peine le texte écrit par Léonard en regardant l'image inversée du parchemin !

Traqueline s'écria :

– Il nous faut donc un **MIROIR** pour déchiffrer ce parchemin !

Téa fouilla son sac.

– J'en ai un ! Essayons…

La méthode fonctionna : sur le **REFLET**, les lettres apparaissaient dans le bon sens !

Soudain, une idée me vint :

– Lisez le texte à voix haute, je le **TRANSCRIRAI** sur mon calepin.

Ainsi, en notant un mot après l'autre, nous obtînmes un mystérieux **MESSAGE**.

Quand nous eûmes fini, ma sœur s'exclama :

– On dirait vraiment des indications pour une **chasse au trésor** !

Mon amie Rita proposa :

– Pourquoi ne pas essayer de résoudre ce **mystère** ?

Pendant ce temps-là, avec mes collègues, nous expertiserons le MANUSCRIT original…

Les souriceaux bondirent de joie, et Benjamin affirma au nom de tous :

– Mais bien sûr, en suivant les indices laissés par ce génie, le **Club des amis de Léonard** découvrira sûrement ce trésor !

1. Pour parvenir à bon port,
sur le grand mât grimpe d'abord.

2. Vers le sillage vert dirige-toi,
sans t'engager sur cette voie.

3. Jette l'ancre une première fois
où le blé moulu tu trouveras.

4. Au lieu où l'on pêche l'eau te mènera,
la première marche à droite tu pousseras.

5. Une fois arrivé en lieu sûr,
cherche là où tout est obscur.

6. Sur le chemin une pierre t'attend,
tu n'as plus qu'à lire son chant.

SI LÉONARD TU AS ÉCOUTÉ,
SON TRÉSOR TU AURAS TROUVÉ !

Sur les traces
de Léonard…

Gaspard relut le premier indice :

– « Pour parvenir à bon port, sur le grand mât grimpe d'abord »… Qu'est-ce que Léonard essaie de nous dire ?

Benjamin observa :

– Les **GRANDS MÂTS** sont sur les bateaux… mais il n'y a même pas la mer, à Vinci !

Je me permis de suggérer :

– Quand une information me manque, en général, je vais la chercher dans un livre… Si nous allions à la bibliothèque, les petits, qu'en pensez-vous ?

Traqueline me répondit :

– Fine mouche, Geroni*mouche* ! Il y a justement une

bibliothèque Léonard de Vinci, ici, à Vinci !

Téa se mit à courir, en criant :

– Alors, allons-y ! Notre **chasse au trésor** commencera là-bas !

Une fois sur place, les souriceaux explorèrent les **RAYONNAGES**, et chaque fois qu'un livre leur paraissait intéressant, ils me le posaient entre les pattes.

– Prends celui-ci, tonton Geronimo ! dit Benjamin en me tendant un gros **ouvrage** à la couverture rouge.

– … Et celui-là ! dit Traqueline en brandissant un **VIEUX CODEX**.

– … Et aussi celui-ci, et celui-là… et cet autre ! s'exclama Marit en ajoutant trois volumes à la pile. En quelques instants, je me retrouvai avec un **monceau de livres** sur les pattes.

① Oh, non!

Pour ne rien arranger, cet empilage oscillait dangereusement à chacun de mes pas, *scouiiit !*

C'est alors que Ning se précipita vers moi, grimpa sur un escabeau et plaça au sommet de la pile un gros volume, bien lourd et bien poussiéreux !

Un nuage de poussière me titilla les narines et…

ATCHOUM !

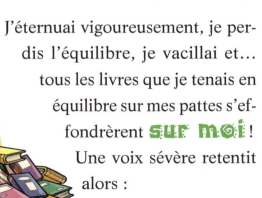

② Ouille, quel choc!

J'éternuai vigoureusement, je perdis l'équilibre, je vacillai et… tous les livres que je tenais en équilibre sur mes pattes s'effondrèrent sur moi !

Une voix sévère retentit alors :

– Puis-je savoir ce qui se passe ? Qui êtes-vous ?

Aïe aïe aïe, c'était la bibliothécaire ! **J'AVAIS L'AIR FIN !**

Rouge de honte, je bredouillai :

– Ex-excusez-moi... je suis désolé ! Mon nom est Stilton, *Geronimo Stilton*, et...

À ce moment-là, Téa et les petits s'approchèrent et Benjamin intervint :

– Nous recherchons des **informations** pour une chasse au trésor !

Intriguée, la bibliothécaire demanda :

– Un trésor ? Quel trésor ?

Nous lui fîmes donc part de notre découverte du parchemin, et du mystérieux **PREMIER INDICE** laissé par Léonard.

Elle réfléchit un moment, puis elle sourit, et finalement elle s'exclama :

– Mais bien sûr… c'est le **château** !

Leonor demanda :

– Le château ? Nous y étions ce matin… et c'est là que nous avons trouvé le PARCHEMIN. Mais…

– … quel rapport avec le grand mât ? poursuivit Traqueline.

La bibliothécaire nous l'expliqua :

– C'est très simple : à Vinci, le **CHÂTEAU DES COMTES GUIDI** est surnommé le « château du bateau », à cause de sa forme, qui rappelle un peu celle d'une embarcation, et de sa **TOUR**, qui ressemble à un grand mât ! Vous ne l'avez pas remarqué ?

Mais oui… elle avait raison ! C'était sûrement cette tour que Léonard désignait comme « grand mât » ! Le **PREMIER INDICE** était résolu !

Gaspard jubila :

– Génial ! Merci !

En bon **noblerat**, je fis une courbette et dis à la bibliothécaire :

– Je vous prie de bien vouloir m'excuser pour les livres, je…

Elle m'interrompit :

– Bon, bon, vous êtes pardonné, monsieur Stilton… mais c'est bien pour l'amour de **Léonard** ! Et maintenant, zou ! Filez au château !

Nous ne nous le fîmes pas dire deux fois et, quelques minutes plus tard, nous admirions (à nouveau) le **château du bateau** !

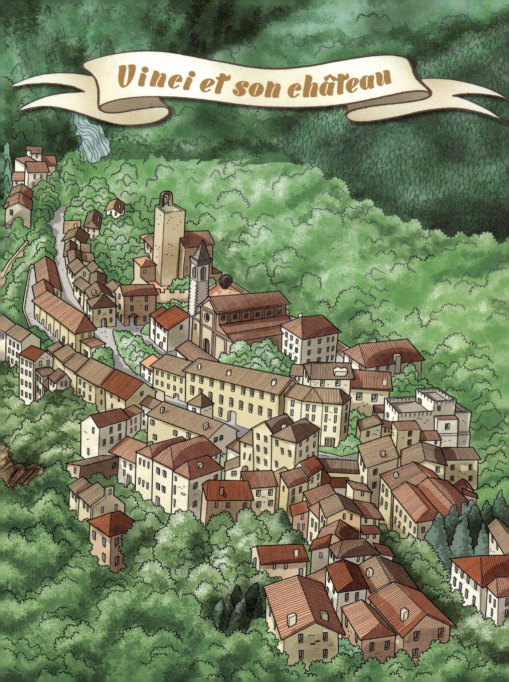

Au sommet de la tour !

Tandis que nous regardions le château, Brian dit :
– Selon l'indice, il faut monter sur le grand mât, donc au sommet de la **TOUR** !
Traqueline brailla :
– Allons-y ! Le dernier arrivé est un **bouffon** ! À vos marques… prêts ? Partez !
Téa et les souriceaux jouèrent le jeu et foncèrent **VENTRE À TERRE** !
Je criai :
– Hé ! Attendez-moi…
Téa me répondit :
– Ne fais donc pas l'empoté, Geronimo ! Un peu de cran !
Je soupirai :

– Je ne suis pas un empoté, *pfff… arf!*

Quand j'arrivai enfin au sommet de la tour, j'étais littéralement **ATOMISÉ** !

Entre-temps, les autres avaient déjà exploré la zone à la recherche de la solution du **DEUXIÈME INDICE** : « Vers le sillage vert dirige-toi, sans t'engager sur cette voie. »

Benjamin m'informa :

– On n'a pas trouvé de **piste verte** !

Marit ajouta :

– En fait, il n'y a rien de vert nulle part !

Quelle vue splendide !

Et Ning soupira :

– On n'est peut-être pas à la hauteur du génie...
Je tentai de les consoler :

– Allons, les petits, ne nous laissons pas abattre...
Regardez un peu cette vue splendide !

Tout autour de nous, les toits de Vinci et la campagne
toscane offraient un superbe PANORAMA !

Nous contemplions ce spectacle, quand nous enten-
dîmes la voix d'un guide touristique :

– D'ici, chers visiteurs, vous pouvez admirer une
vue magnifique de la route qui mène de Vinci à
la maison natale de Léonard, et qu'on appelle la
Route verte...

Traqueline **SURSAUTA**.

– Hé, vous avez entendu ?!

Benjamin s'illumina.

– Voilà ce que Léonard voulait dire : le « sillage vert », c'est la **Route verte** !

– Alors on fonce ! s'écria Téa. Tous à la Route verte !

LE MOULIN DISPARU

Nous suivîmes les INDICATIONS du guide et nous hâtâmes vers la Route verte.

En chemin, Ning nous rappela un détail :

– L'indice nous dit : « Vers le sillage vert dirige-toi, sans t'engager sur cette voie », il faut donc chercher quelque chose avant d'y arriver.

Je regardai mes notes et je lus le TROISIÈME INDICE :

– « Jette l'ancre une première fois où le blé moulu tu trouveras. » Voilà qui devrait nous aider à comprendre ce que nous devons CHERCHER à présent…

Juste à ce moment-là, Traqueline cria :

– Hé ! Venez voir ! Il y a une plaque, ici !

MOULIN DE DOCCIA, À VINCI
(LÉONARD – C.A. 282 R.b.)

Gaspard s'avança.

– Mais oui, Léonard a dessiné ce **moulin**, un croquis figure dans le *Codex Atlanticus**, comme l'indique la référence !

Ning demanda :

– Mais où est passé ce moulin ?

Gaspard expliqua :

– Il est tombé en ruine. Il ne reste plus que cette PLAQUE.

Benjamin ajouta :

– N'empêche, on est bien à l'endroit indiqué par Léonard : le moulin servait à **moudre** le blé !

Par mille millions de maroilles, les souriceaux venaient de résoudre le troisième indice !

* Le Codex Atlanticus rassemble les plus grands manuscrits de Léonard. Ce recueil de dessins et de notes sur des sujets divers, scientifiques ou artistiques, est conservé à la bibliothèque Ambrosienne de Milan, en Italie.

Je les félicitai :

– Vous êtes de formidables détectives !

Traqueline rigola :

– Tout le mérite revient à Léonard, Geroni*mard* !
C'est son génie qui nous inspire !

– Et maintenant, dit Leonor, qu'est-ce qu'on doit
chercher ?

J'ouvris mon calepin et je lus le **QUATRIÈME
INDICE** :

– « Au lieu où l'on pêche l'eau te mènera, la première marche à droite tu pousseras. »

Gaspard reprit la parole :

– L'eau faisait tourner la roue du moulin.
Mais maintenant qu'il a disparu, que doit-on suivre ?

Nous réfléchîmes quelques instants en silence, puis
Téa lança :

– Je crois que le moment est venu de faire
appel à la TECHNOLOGIE !

Sur ces mots, elle sortit son téléphone
PORTABLE de sa poche et ouvrit
la carte de la zone.

Leonor lui demanda :

– Qu'est-ce que tu fais ?

– Grâce aux **CARTES** en ligne, lui répondit Téa, on peut voir ce qui se trouve aux alentours, ça pourrait nous aider à comprendre à quoi Léonard fait allusion. Par exemple, pas loin d'ici, il y a la «pêcherie de Doccia»…

– Quel **drôle** de nom ! s'exclama Leonor.

Gaspard intervint de nouveau :

– La pêcherie, c'était une digue qui permettait d'apporter l'eau au moulin de Doccia et…

Brian l'interrompit en hurlant :

– Mais c'est clair ! Quel **farceur**, ce Léonard… Nous le regardâmes, perplexes, et je finis par lui demander :

– Euh… tu veux bien nous éclairer ?

Nous n'y comprenons croûte !

– Réfléchissez : c'est comme pour les mots croisés, parfois, la définition est un **jeu de mots**.

Dans ce cas-ci, « pêcherie », c'est le « lieu où l'on pêche » dont parle Léonard. Mais on n'y pêchait pas des **POISSONS**, on y captait de l'eau pour le moulin !

Par mille morbiers moelleux, le **QUATRIÈME INDICE** était résolu !

En suivant les indications de son portable, Téa nous conduisit jusqu'à la pêcherie de Doccia. C'était une construction en PIERRE au milieu des bois, composée de gradins.

Gaspard s'exclama :

– Quel superbe ouvrage **hydraulique** ! Sa structure en escalier permet de dévier le cours d'eau, et en plus d'en diminuer la **PUISSANCE** !

– Un instant ! l'interrompit Ning. Tu as bien dit « escalier » ?

– Oui, pourquoi ?

– L'**INDICE** disait : « Au lieu où l'on pêche l'eau te mènera, la première marche à droite tu pousseras. »

Les escaliers sont formés de marches, et au fond la pêcherie est un escalier !

Traqueline le félicita :

– Bien vu, Ning !

Brian s'approcha du premier **GRADIN** sur la droite en disant :

– Eh bien, allons-y, poussons !

Les souriceaux ne se le firent pas dire deux fois et, tous ensemble, se mirent à **POUSSER** le gradin.

Traqueline soupira :

– Pfff... rien ne bouge !

– Attendez, dit Téa, nous allons vous aider ! Viens, Geronimo !

Nous joignîmes nos efforts aux leurs et cette fois...

la pierre s'ébranla !

Aussitôt, derrière nous, une **TRAPPE** s'ouvrit parmi les feuilles.

Gaspard écarquilla les yeux en s'écriant :

– Quel mécanisme génial !

Ning ajouta :

– Quelle aventure palpitante !

– On n'est jamais déçu avec **Léonard** ! conclut Leonor.

Pendant que les souriceaux s'enthousiasmaient du **génie** de Léonard, je m'avançai vers la trappe en frissonnant…

IL FAISAIT TRÈS SOMBRE, LÀ-DESSOUS…

PLUS QUE SOMBRE, MÊME…

L'OBSCURITÉ ÉTAIT TOTALE !

Brrr, quelle frousse féline !

LE PASSAGE SECRET

Ning sortit de sa poche une petite **TORCHE** et nous dit :

– Je l'ai toujours avec moi, au cas où… Ça nous servira à éclairer ce passage secret. Mais… qui descend **EN PREMIER** ?

Je me mis à siffloter, mais Traqueline me poussa en avant.

– C'est Geroni*mûr*, bien sûr, qui se porte volontaire !

QUOI ?!

Je ne voulais surtout pas m'aventurer là-dedans le premier !

Mais tous me fixaient, les **YEUX** pleins d'espoir,

et Ning me flanqua sa torche entre les pattes. *Raperlipopette*, j'étais pris au piège !

Alors, les pattes **tremblantes**, je bredouillai en **claquant** des dents :

– D'a-d'a-d'acco-cord… j'y-j'y vai-vais…

Je me faufilai par l'ouverture et je me retrouvai dans un **TUNNEL**. Il faisait très sombre, mais, heureusement, l'endroit me parut sûr. Je criai :

– Aucun danger en vue ! Vous pouvez descendre !

Téa et les souriceaux se **GLISSÈRENT** agilement en bas et Benjamin s'exclama :

– C'est génial ! Un véritable passage secret… Qui sait où il va nous mener !

Plus nous avancions, plus il faisait sombre, et plus le tunnel devenait étroit. Un **FRISSON** me parcourut de la pointe des moustaches à l'extrémité de la queue, et je chuchotai :

– Ne vaudrait-il pas mieux revenir sur nos pas ?

L'air sérieux, Marit rétorqua :

– Certainement pas ! Pour conclure notre **chasse au trésor**, il faut que nous allions jusqu'au bout !

Quelle aventure !

Il fait sombre !

Aaah, des monstres !

Je pris donc mon courage à deux pattes et je poursuivis mon chemin, mais à un moment donné j'eus la sensation que quelqu'un nous ÉPIAIT...

Je pointai la torche vers le haut et... une centaine de monstrueuses CRÉATURES noires tombèrent du plafond !

Je crus m'évanouir et je hurlai :

– AU SECOURS, À L'AIIIDE ! COUREZ ! FUYEZ !

Je détalai à toute vitesse, les yeux fermés (pour ne plus voir ces êtres horribles), lorsque...

Je heurtai violemment quelque chose, et je tombai sur l'arrière-train, les quatre pattes en l'air !

LE FANTÔME
DE LÉONARD !?

Quand je rouvris les yeux, Téa et les souriceaux faisaient cercle autour de moi.

– Geroni*mollo*, mais qu'est-ce que tu fabriques ?

– Traqueline ? Vous êtes tous là ? Tout le monde va bien ? criai-je en me relevant.

– Mais oui, évidemment ! Ce n'étaient que des **petites araignées** !

Raperlipopette… et dire que j'avais cru voir d'*HORRIBLES MONSTRES* !

Téa me dit :

– Le plus amusant, c'est qu'en prenant la fuite tu as

trouvé l'issue du passage secret. Regarde dans quoi tu t'es **COGNÉ** !

Je levai les yeux et… Incroyable ! Je m'étais cogné contre une PORTE !

Benjamin en tourna la poignée : elle s'ouvrit sur un long escalier !…

Quand nous l'eûmes monté, nous nous retrouvâmes à l'intérieur d'une pièce. Alors que j'observais les lieux, une grosse voix tonna derrière nous :

– *Bienvenue dans ma maison !*

Je me retournai et… je n'en crus pas mes yeux !
Devant moi se tenait Léonard de Vinci !

Mais… mais… mais… comment était-ce possible ?
Je me mis à trembler comme une feuille et, un instant après, je m'évanouis de frousse.

Quand je revins à moi, Téa et les souriceaux riaient de bon cœur.

– Ha ha ha, Ger, tu ne changeras jamais !

Je n'y comprenais croûte, je leur demandai donc :

Argh!

Bienvenue!

– Qu'est-ce qui vous fait rire ? Vous n'avez pas vu le FANTÔME de Léonard ?

Benjamin m'expliqua :

– Ce n'était pas un fantôme, tonton G ! Le passage secret nous a conduits jusqu'à la **maison natale** de Léonard, qu'on peut visiter aujourd'hui. Ce que tu as vu est un hologramme* qui accueille les visiteurs ! *Scouiiit !* Une fois encore, je venais de passer pour un **nigaud** !

Heureusement, mes petits amis en revinrent bien vite à leur **chasse au trésor**...

*Un hologramme est une image en trois dimensions qui semble flotter en l'air.

Leonor s'exclama :

– Le voilà, le « lieu sûr » du **CINQUIÈME INDICE** : c'est la maison !

– D'accord, fit remarquer Brian, mais quel est l'endroit où «tout est obscur» et où nous devons chercher ?

Nous commençâmes à explorer la maison, en nous posant mille questions :

– C'est peut-être une pièce aveugle…

– Ou bien un **RECOIN** où la lumière du soleil n'arrive jamais…

– Et s'il s'agissait d'une cave secrète ?

Les souriceaux émirent bien des **hypothèses**, mais, hélas, aucune ne semblait être la bonne. Soudain, j'eus une idée : parfois, mieux vaut ne pas s'obstiner à **réfléchir** à un problème, car sa solution nous vient à l'esprit alors qu'on pense à autre chose !

Je fis donc une suggestion :

La maison natale de Léonard

Léonard est né dans cette simple demeure nichée au milieu des oliviers séculaires, à Anchiano, dans les collines du Montalbano. Le paysage n'a guère changé depuis cette époque : en témoignent les nombreux dessins du génie, qui montrent son attachement à sa région et à sa ville, et son lien très fort avec la nature. La maison se trouve à trois kilomètres de Vinci, on y accède par la Route verte, un sentier très ancien. Transformée en musée en 1952, elle est aujourd'hui un lieu de mémoire essentiel pour comprendre les origines de l'œuvre du génial Léonard.

– Écoutez, chers Amis de Léonard : et si vous nous parliez un peu de cette **maison** ?

Enthousiaste, Leonor se lança :

– Volontiers, monsieur Stilton ! Léonard est né dans cette simple demeure le *15 avril 1452*…

Benjamin prit la suite :

– Nous sommes ici à Anchiano, un hameau de la commune de Vinci…

Ning ajouta :

– … en pleine **campagne** ! Le paysage n'a presque pas changé depuis le xve siècle…

– … le petit Léonard pouvait courir tous les jours dans les prés, poursuivit Gaspard, et se réchauffer le soir devant un bon **FEU** de cheminée…

À cet instant, Traqueline s'illumina.

– Attendez, attendez ! Je crois que j'ai compris : le lieu où «tout est obscur»… c'est le **conduit d'évacuation** de la cheminée !

Mais bien sûr, quelle excellente idée ! Je m'en

doutais, que penser à autre chose nous aiderait, mais… qui allait se faufiler dans la **CHEMINÉE** ?

J'avais un mauvais, un terrible **pressentiment** !

Je fis un pas en arrière, mais Téa m'attrapa par la **PATTE** et me dit :

– Courage, Geronimo ! C'est toi qui vas grimper dans le conduit !

Mais pourquoi, pourquoi, pourquoi faut-il toujours que ça tombe sur moi !

Ma sœur insista :

– Allez, vas-y, on va te **POUSSER** un bon coup !

C'est ainsi que je me retrouvai dans la cheminée de la maison de Léonard !

Heureusement, le conduit était large, mais il faisait

Pourquoi toujours moi ?

si **SOMBRE** là-dedans qu'on n'y aurait pas distingué un chat d'un rat !

Je me mis donc à tâter les murs de mes pattes, jusqu'à ce que je tombe sur un renfoncement…

Ça alors ! Il y avait quelque chose à l'intérieur ! Je saisis le **mystérieux objet** en m'exclamant :

– J'ai trouvé quelque chose ! Sortez-moi de là !

Quand j'émergeai du conduit, les souriceaux éclatèrent de rire.

Je compris pourquoi en regardant mes pattes : j'étais couvert de **SUIE** de la pointe des moustaches à l'extrémité de la queue !

ÉNIGME EN MUSIQUE

Les souriceaux nettoyèrent le mystérieux objet récupéré dans la cheminée : c'était un **coffret** en bois et en cuivre, contenant une carte et une clef.

Marit se réjouit :

– Nous avons résolu le **CINQUIÈME INDICE** !

Mais l'enquête continue !

Je leur demandai :

– Laissez-moi le temps de me débarbouiller…

Mais Traqueline secoua énergiquement la tête.

– Non, non et non ! Il faut partir **TOUT DE SUITE**, Geroni*mite* ! Le trésor est tout proche !

Scouiiit, cette chasse au trésor n'en finissait plus !

Nous suivîmes donc le parcours indiqué sur la **CARTE** dessinée par Léonard.

Lorsque nous fûmes à destination, Ning me demanda de rappeler le **SIXIÈME INDICE**. Je sortis mon *calepin*, puis je lus :

– «Sur le chemin une pierre t'attend, tu n'as plus qu'à lire son chant.»

– On cherche… une **PIERRE**, alors? dit Gaspard. Benjamin commenta :

– D'accord, mais c'est plein de pierres, dans le coin… Comment savoir laquelle est la bonne, et qu'est-ce que ce chant?

– Allons, au travail…

Aux Amis de Léonard, rien d'impossible!

s'exclama Leonor en tendant la patte vers nous. Nous l'imitâmes aussitôt, tous en cercle, pour nous encourager mutuellement.

Nous commençâmes à explorer les environs.

Quelques minutes plus tard, Ning poussa un cri :

– **Je crois que j'ai trouvé la pierre !**

Nous rejoignîmes notre archéologue en herbe, et celui-ci désigna une roche sur laquelle on distinguait une INSCRIPTION.

– Mais c'est illisible, fit-il remarquer. Il faudrait quelque chose qui la rende plus visible, par contraste. Alors il me regarda et me dit :

– J'ai une idée… S'il vous plaît, monsieur Stilton, prenez une FEUILLE

de votre calepin, placez-la contre l'inscription et frottez dessus vos pattes pleines de SUIE…

L'idée était excellente ! Dès que j'eus frotté le papier, il devint tout noir et l'**INS-CRIPTION** gravée apparut en négatif !

– Bizarre, dit Benjamin, on dirait… des lettres, et puis des notes de musique ! Est-ce que c'est le chant dont parle Léonard… À ton avis, Marit ?

La musicienne les examina avec attention, avant de conclure :

– En effet, il y a bien des *notes*, écrites selon une

ancienne notation musicale ! Mais elles sont mêlées à des lettres et des dessins, on dirait presque…

– … un **RÉBUS** ! conclut Brian. Léonard adorait ça !

Marit me demanda :

– Monsieur Stilton, pouvez-vous me prêter votre *calepin* ?

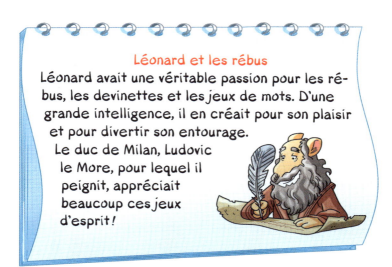

Léonard et les rébus

Léonard avait une véritable passion pour les rébus, les devinettes et les jeux de mots. D'une grande intelligence, il en créait pour son plaisir et pour divertir son entourage.

Le duc de Milan, Ludovic le More, pour lequel il peignit, appréciait beaucoup ces jeux d'esprit !

Je le lui tendis et, en quelques secondes, la souricelle recopia le rébus en transcrivant les notes sur une *portée* moderne.

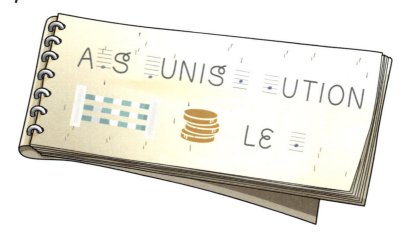

Elle me le montra et me dit :

– Dans l'ordre, on peut lire ces cinq notes : **mi**, **ré**, **la**, **sol** et encore **sol**.

Gaspard intervint :

– Un **A** et un **S** encadrent le *mi* : ça se lit **amis** !

Ensuite, après le *ré*, viennent les lettres **U**, **N**, **i** et **S** : ce qui donne **amis réunis**.

Brian poursuivit :

– Les lettres **U**, **T**, **i**, **O** et **N** suivent les notes *la* et *sol* : **la solution**. On brûle !

Leonor continua :

– Le premier dessin représente une haie… c'est donc **EST** ! Le deuxième dessin représente des pièces de monnaie… des **SOUS** ! Puis, avant le dernier *sol*, on a **L** et **E** : **est sous le sol**.

Brian s'exclama :

– **Amis réunis : la solution est sous le sol !**

Raperlipopette, nous avions résolu ce rébus… mais que pouvait bien signifier cette phrase ? Le **SIXIÈME INDICE** nous laissa perplexes.

LA NATURE NOUS ENSEIGNE TOUT !

Téa proposa :

– Et si on essayait de déplacer ce **rocher** ? Le dernier élément de notre chasse au trésor pourrait bien se trouver là-dessous…

– Il a l'air vraiment très lourd… fit remarquer Marit. Vous croyez qu'on réussira à le **soulever** ?

Je souris.

– Nous avons surmonté tant d'épreuves, ensemble… Nous surmonterons celle-ci aussi, en **équipe soudée** !

Traqueline me flanqua une tape sur l'épaule.

– Bien dit, Geroni*miche*, tu n'es pas si godiche, quand tu veux !

Nous fîmes cercle autour du rocher, puis Téa cria :

– À LA UNE, À LA DEUX, À LA TROIS !

En unissant nos forces, nous parvînmes à soulever le rocher et à le déplacer. Traqueline s'exclama :

– Regardez ! Le rocher cachait une **trappe** encastrée dans le sol ! Il y a même une serrure dessus ! Voilà donc à quoi servait la CLEF retrouvée dans le coffret : nous venions de résoudre le SIXIÈME INDICE !

Je glissai la clef dans la serrure, sous le regard de Téa et des souriceaux qui retenaient leur souffle.

– Quel suspense !

– Quel peut bien être ce TRÉSOR...

– Une machine à remonter le temps ?

– Un tableau ?

Je tournai la clef, j'ouvris la trappe et... *saprisouristi*, c'était encore un PARCHEMIN !

Qui sait ce qui se cache !

Je le déroulai et je lus le **MESSAGE** du génie...

SI UN TRÉSOR TU CROYAIS TROUVER
SOUS CE GROS ROCHER GRAVÉ,
C'EST PARCE QU'EN BAS TU REGARDAIS
TANDIS QUE TU LE CHERCHAIS.

LE TRÉSOR LE PLUS PRÉCIEUX
QUE L'EXISTENCE NOUS PROCURE,
C'EST LE REGARD AMOUREUX
QUE NOUS PORTONS SUR LA NATURE !

NOTRE VRAIE MAÎTRESSE, C'EST ELLE,
QUI TOUJOURS TOUT NOUS APPREND,
JUSQU'AU MOINDRE DE NOS MOUVEMENTS.

EN L'OBSERVANT J'AI TANT COMPRIS
QUE JE SUIS DEVENU UN GÉNIE,
ESSAYEZ DONC VOUS AUSSI,
VOUS SEREZ HEUREUX ET RAVIS !

SIGNÉ : LÉONARD DE VINCI

Les souriceaux en furent tout émus, et Benjamin commenta :

– Mais oui, bien sûr ! Léonard pensait que *« la nature seule peut nous guider »*... Son trésor, c'est forcément ça : nous inviter à observer la **NATURE** pour apprendre d'elle, comme il l'a fait toute sa vie durant !

Nous levâmes les yeux comme le grand génie nous l'avait suggéré, et nous regardâmes autour de nous : une nature **EXTRAORDINAIRE** nous environnait !

Ning constata :

– Nous étions trop absorbés par nos recherches pour remarquer ce merveilleux **paysage** !

– Ces oliviers, ces collines et puis ce ciel ! ajouta Leonor. Dire que nous voyons ce que **Léonard** voyait quand il avait notre âge !

Traqueline conclut :

– La nature, quel spectacle incroyable quand on sait l'observer !

J'étais bien d'accord avec eux tous ! Et pourtant, j'avais le sentiment qu'il nous manquait encore un *élément*...

Soudain, je compris et je leur dis :

– Essayez de réfléchir : pourquoi cette **Chasse au trésor** s'achève-t-elle à cet endroit bien précis ?

Leonor essaya de me répondre :

– Parce que Léonard aimait la nature ?

Je hochai la tête.

– Bien sûr, nous le savons, Léonard avait une sensibilité particulière pour la **nature**, et un profond respect pour toutes les formes de vie... Il l'a étudiée toute sa vie pour tenter de la comprendre... Mais, d'après vous, pourquoi nous a-t-il conduits jusqu'ici ?

– Peut-être parce que c'est la vue qu'il avait sous les yeux tous les jours ? suggéra Traqueline.

Benjamin s'exclama alors :

– Plus que ça ! Parce que c'était l'endroit qu'il

préférait ! Le génie a sûrement voulu nous offrir son **panorama** favori !

– Exact ! m'exclamai-je à mon tour.

Gaspard soupira :

– Incroyable… c'est vraiment le trésor le plus **RABULEUX** du monde !

QUEL GÉNIE, LÉONARD !

De retour en ville, nous fonçâmes chez la directrice du musée Léonard de Vinci. Nous lui racontâmes notre aventure, et nous lui confiâmes le *manuscrit* que nous avions déniché au terme de notre chasse au trésor.

C'est une immense découverte !

Elle nous félicita avec un grand sourire :

– La **valeur culturelle** de cette découverte est inestimable ! C'est fantasouristique ! Pressourigieux !

Vous avez été ÉRAPATANTS !

Je couvai les souriceaux du regard.

– Tout le mérite revient aux **Amis de Léonard** ! Grâce à leurs connaissances approfondies sur ce génie, nous avons pu résoudre les énigmes les plus complexes. Ce sont vraiment des souriceaux au poil !

Rita embrassa les petits un à un, puis elle me demanda :

– Qu'est-ce qui t'est arrivé, Geronimo ? Tu es plus sale qu'un **RAT D'ÉGOUT** !

Oh, non : j'étais couvert de suie et je l'avais complètement oublié !

QUELLE HONTE !

Mon amie s'esclaffa et me dit :

– Ne t'inquiète pas, tu as le temps d'aller prendre une douche, mais je compte sur toi : ce soir, nous nous rassemblons place des Comtes-Guidi pour fêter tous ensemble le génie de Léonard !

De retour à l'hôtel, j'utilisai plusieurs savons pour

éliminer toute trace de suie, j'enfilai des **VÊTE-MENTS** impeccables et je m'humectai les poignets de deux gouttes d'essence de reblochon.

Tout propre et **parfumé**, j'étais fin prêt pour fêter le génial Léonard !

La place était magnifique, ornée de **guirlandes lumineuses**, et quand nous y arrivâmes, la population de Vinci nous accueillit chaleureusement.

Au nom du musée Léonard de Vinci, Rita nous récompensa, Téa, les souriceaux et moi, en nous décorant d'une **MÉDAILLE**, puis, tous ensemble, nous dégustâmes des spécialités toscanes.

Tout content, je déclarai :

– Vous savez quoi, les souriceaux ? Vous devriez venir bientôt nous voir à Sourisia ! Nous pourrions écrire ensemble un **article** sur Léonard !

Les petits chicotèrent en chœur :

– Volontiers, monsieur Stilton ! Ce sera **FANTA-SOURISTIQUE** !

Au fond, chers amis rongeurs, la plus belle chose que nous a enseignée **Léonard de Vinci**, c'est que dans tout ce qui nous entoure, il y a une aventure qui mérite d'être étudiée et racontée ! Et que les aventures les plus belles sont celles qu'on partage avec ceux qu'on **aime**, vous ne trouvez pas ?

Parole de Stilton, Geronimo Stilton !

TABLE DES MATIÈRES

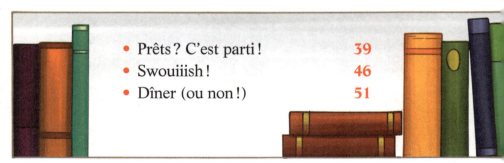

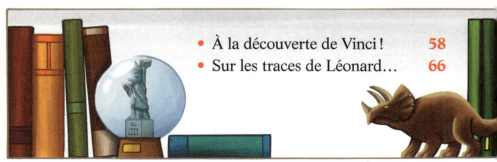

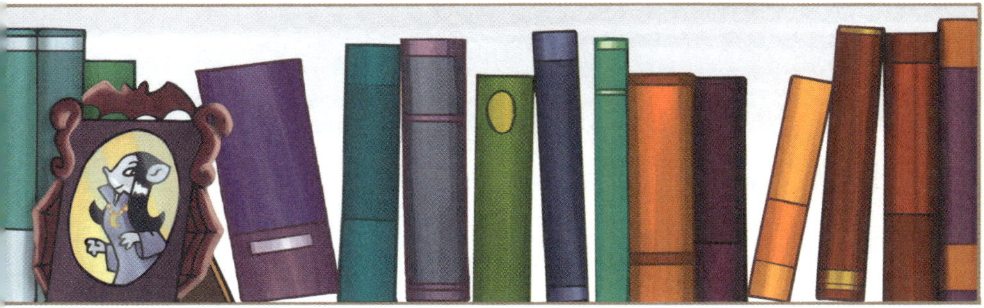

DANS LA MÊME COLLECTION

Et aussi…

L'ÉCHO DU RONGEUR

1 Entrée
2 Imprimerie (où l'on imprime les livres et le journal)
3 Administration
4 Rédaction (où travaillent les rédacteurs,
les maquettistes et les illustrateurs)
5 Bureau de Geronimo Stilton
6 Toit avec jardin biologique

SOURISIA, LA VILLE DES SOURIS

ÎLE DES SOURIS

1 Grand Lac de glace
2 Pic de la Fourrure gelée
3 Pic du Tienvoiladéglaçons
4 Pic du Chteracontpacequilfaifroid
5 Sourikistan
6 Transourisie
7 Pic du Vampire
8 Volcan Souricifer
9 Lac de Soufre
10 Col du Chat Las
11 Pic du Putois
12 Forêt-Obscure
13 Vallée des Vampires vaniteux
14 Pic du Frisson
15 Col de la Ligne d'Ombre
16 Castel Radin
17 Parc national pour la défense de la nature
18 Las Ratayas Marinas
19 Forêt des Fossiles
20 Lac Lac
21 Lac Laclac

22 Lac Laclaclac
23 Roc Beaufort
24 Château de Moustimiaou
25 Vallée des Séquoias géants
26 Fontaine de Fondue
27 Marais sulfureux
28 Geyser
29 Vallée des Rats
30 Vallée Radégoûtante
31 Marais des Moustiques
32 Castel Comté
33 Désert du Souhara
34 Oasis du Chameau crachoteur
35 Pointe Cabochon
36 Jungle-Noire
37 Rio Mosquito
38 Port-Croûton
39 Port-Souris
40 Port-Relent
41 Port-Beurk
42 Roquefort
43 Sourisia
44 Galion des chats pirates

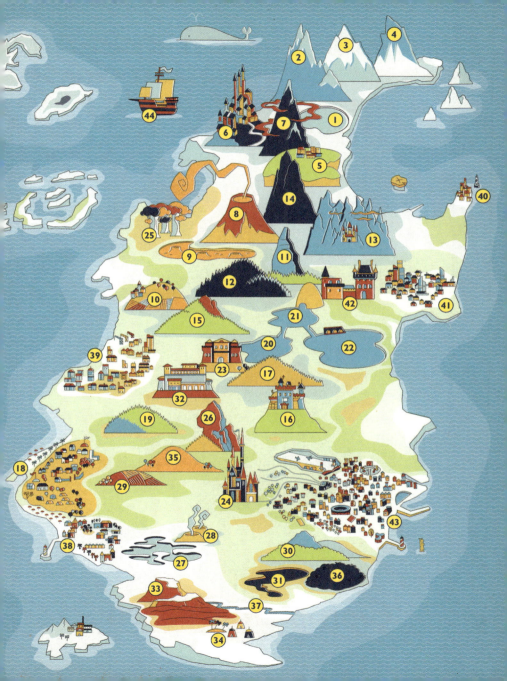

AU REVOIR, CHERS AMIS RONGEURS,
ET À BIENTÔT POUR DE NOUVELLES AVENTURES.
DES AVENTURES AU POIL,
PAROLE DE STILTON, DE...

Geronimo Stilton